오디오북

길용우가 읽는
박태원 삼국지

대한민국, 서울, 커뮤니케이션북스, 2023

일러두기

- ≪길용우가 읽는 박태원 삼국지≫는 유에스비에 담긴 121개의 오디오북 파일(mp3)과 가이드북으로 구성되어 있습니다.
- ≪길용우가 읽는 박태원 삼국지≫는 2021년에 같은 이름으로 발행한 오디오북의 개정판입니다. 개정판은 특정 앱과 인증을 필요로 하던 초판과 달리 어느 기기에서든 쉽게 사용할 수 있습니다. 각 장 앞뒤를 장식하는 효과음을 다듬었고, 가이드북도 내용을 보완하고 판형을 키웠습니다.
- 낭독 원고로는 도서출판 깊은샘에서 발행한 ≪박태원 삼국지≫(2008)를 사용했습니다.
- 낭독은 원문대로 충실하게 읽는 것을 원칙으로 하되 그냥 들어서는 이해하기 어려운 한자어나 문구 등은 독자의 이해를 돕기 위해 풀어 읽었습니다.
- 가이드북에 실린 등장인물 그림은 중국 청나라 때 간행된 ≪사대기서제일종(四大奇書第一種)≫(한국학중앙연구원 장서각 소장)의 도판을 사용했습니다. 인물 색깔은 촉나라는 녹색, 위나라는 적색, 오나라는 청색, 한나라와 기타는 황색으로 구분했습니다.
- 가이드북의 등장인물 한시 해석과 소개 글은 ≪박태원 삼국지≫(도서출판 깊은샘)를 기본으로 위키백과, 나무위키 등을 참고해 보완했습니다.

차례

독자는 무엇을 들을 수 있을까?

듣기 전에

한 번은 읽어야 한다. 그다음부터 듣는 것이 좋다. 인명, 지명, 줄거리는 기억에 있으니 귀로 듣는 두 번째부터는 이야기 곳곳에 숨어 있는 지혜를 찾아 나선다.
듣기는 편하다. 언제나 시작할 수 있고 어디서나 시작할 수 있고 몇 번이든 반복해 들을 수 있다. 눈을 감고 편히 누워 들리는 이야기를 머릿속으로 상상한다. 내가 직접 영화 한 편을 만드는 셈이다. 91시간 29분짜리 영화다.

≪삼국지≫는 몇 번을 읽어야 좋은 책일까?

≪삼국지≫를 일곱 번 책으로 읽고 이번에 ≪길용우가 읽는 박태원 삼국지≫를 처음 들은 독자는 이렇게 말한다.

"다시 읽는 데는 오디오북만 한 것이 없습니다. 마음만 먹으면 처음부터 끝까지 한 자도 빼지 않고 모두 들을 수 있습니다. 깊은 밤에 눈을 감고 고요히 귀와 머리와 마음으로 삼국지를 만나는 것입니다.

세 번, 네 번, 다섯 번 그리고 생각날 때마다, 마음이 어지러울 때마다 삼국지를 펼치기가 쉽지 않았습니다. 그러나 오디오북 삼국지는 달랐습니다.

유에스비를 꽂고, 스마트폰이든, 노트북이든, 데스크톱이든, 오디오 기기든 플레이 버튼을 누르고 눈 감고 귀 기울이면 삼국지가 내 안으로 들어옵니다.

열 번이든, 스무 번이든 가만히 귀 기울이면 삼국지가 저절로 펼쳐지고 읽힙니다. 내 속으로 들어온 삼국지는 내 상상력을 연료로 삼아 인간과 역사의 가장 큰 이야기를 주저 없이 풀어냅니다.

지금까지 어떤 영화도 이렇게 생생하지 못했고 어떤 소설도 이렇게 생생하지 못했습니다."

≪삼국지≫ ≪삼국연의≫와 ≪길용우가 읽는 박태원 삼국지≫

이것은 하루아침에 일어난 일이 아니다. 서기 184년부터 시작해서 2021년까지 1838년 동안 일어난 일이다. 2세기 말에 출발해 3세기 말까지 97년간 일어난 일을 진수가 ≪삼국지≫로 기록한 것이 서기 218년이었다. 그 뒤 배송지가 자세한 주석을 달았다. 이로부터 수많은 사람들이 삼국지를 이야기로 만들어 거리에서, 찻집에서 즐겨 오길 1000년, 마침내 명나라 사람 나관중이 하나의 이야기로 만들어 내니 그 이름이 ≪삼국연의≫다. 이것을 700년 뒤에 청나라 사람 모종강 부자가 120장의 이야기로 정리했고, 그로부터 또 200년 뒤에 조선의 모더니스트 작가 구보 박태원이 한국인의 말법으로 옮긴 것이 ≪박태원 삼국지≫다. 해방 전후로 정음사본 삼국지로 알려졌으나 절판되었고 북한에서만 출간되었다가 2008년 깊은샘 출판사가 국내 출판의 길을 열었다. 그동안 정통 삼국지 특유의 만연체, 의고체 문장으로 국내 젊은 독자들이 문턱을 넘지 못했으나 2021년 마침내 길용우 배우가 91시간 29분을 낭독해 ≪길용우가 읽는 박태원 삼국지≫가 그 진가를 드러내게 되었다.

낭독 원본부터가 다르다

그런데 삼국지는 왜 좋은 책인가?
소문난 삼국지 애호가이자 전문가이며 번역자이기도 한 신복룡 교수는 이렇게 대답한다.
"인간이 한 생을 살아가면서 겪을 수 있는 거의 모든 사건을

이 책에서 만날 수 있기 때문이고 그 인생을 살면서 만나게 되는 거의 모든 인간 모습을 그려 냈기 때문이다. 사람은 언제 어디서나 상황 속에서 삶을 이어 가게 마련인데 고전은 이런저런 사건으로 이런 경험을 제공한다."

≪길용우가 읽는 박태원 삼국지≫는 낭독 원고부터가 다르다. 바로 깊은샘 출판사가 펴낸 ≪박태원 삼국지≫를 읽어 낸 것이다. 삼국지는 많지만 정통 삼국지는 하나뿐이다. 영화, 만화, 축약본 등 삼국지를 여러 가지 방법으로 경험한 독자를 위한 본격 삼국지다. 원본에 충실한 한국어 삼국지다. 가장 한국스럽게 옮긴 삼국지다.

삼국지 애호가, 신복룡 교수는 ≪박태원 삼국지≫를 이렇게 평가했다.

"가장 정확하고 원전에 가장 충실하며 번역자의 작위적인 글이 가급적 절제되어 있어 삼국지의 참맛을 느끼게 한다."

디지털 시대의 전기수, 길용우

≪길용우가 읽는 박태원 삼국지≫는 120장, 91시간 29분 가운데 어디를 들어도 재미있다. 시작하기가 낯설지 한번 듣기 시작하면 그칠 수가 없다. 이유가 무엇일까? 길용우는 삼국지의 모든 장을, 모든 이야기를 재미있게, 흥미 있게, 마치 내가 지금 그곳에 있는 것처럼 들려준다. 이 힘은 어디에서 나오는 것인가? 전기수가 이야기를 현실로 살려 내기 때문이다. 전기수는 이야기를 대본 삼아 그곳, 그때의 현실을 살려 낸다. 듣는 이들은 전기수가 살려 내는 당시의 현실을 체험하게 된다.

길용우는 삼국지의 흐름을 따라 장면을 묘사한다. 모든 등장인물을 연기력으로 살려 낸다. 한 자도, 한 사람도 놓치지 않는다. 1233명을 모두 다르게 묘사한다. 목소리의 색깔을 이용했다. 역사가 무엇인지, 인생이 무엇인지 알 수 있는 낭독자의 경륜이 느껴진다. ≪박태원 삼국지≫의 특징인 조선의 말법, 의고체 문장을 완벽하게 소화했다. 낭독자는 책의 목소리다. 글자가 목소리를 통해 독자의 머릿속에서 살아난다. 그래서 듣는 사람은 모두 자기만의 영화를 바라보는 놀라운 경험을 하게 된다.

삼국지
역사를 이룬
인물들

承獻皇之命任廓清之權倡義除猾奸雄推膽敷仁西蜀百姓歸心

昭烈帝

소열제[1]

헌 황제의 명을 받아
부패 척결 권한 맡았네
서주에서 의병을 일으키니
간웅의 간담이 꺾이었다
서촉 땅에 어진 정사 베푸니
민심이 그에게 돌아갔도다

承獻皇之命
任廓淸之權
倡義徐州
奸雄挫膽
敷仁西蜀
百姓歸心

유비(劉備, 161~223) 촉한의 초대 황제. 자는 현덕(玄德). 한나라의 황손으로 돗자리를 팔아 연명하다가 황건적의 난이 일어나자 의형제 관우, 장비와 함께 의병을 일으켜 토벌에 참전했다. 난이 평정된 뒤 세력이 미약해 이곳저곳에 의탁하다가 제갈량을 맞으며 본격적인 기반을 다지기 시작했다. 촉으로 세력을 확장해 국호를 촉한이라 하고 황제의 자리에 올랐다. 관우의 죽음에 복수하기 위해 오를 공격했으나 실패하고 병으로 죽었다.

1 소열제(昭烈帝): 유비의 시호다. 정확히는 소열황제다.

神威能奮
武儒雅更
知文天日
心如鏡春
秋義薄雲

關羽

관우

천신 같은 위엄으로 무예를 떨치고
고아한 선비 기질은 문장도 겸했구나
하늘의 해 같은 마음은 거울처럼 빛나고
천추의 의기는 하늘에 닿았네

神威能奮武
儒雅更知文
天日心如鏡
千秋義薄雲

관우(關羽, ?~219) 촉한의 오호대장, 자는 운장(雲長). 유비, 장비와 더불어 의형제를 맺고 평생토록 그 의를 저버리지 않았다. 조조에게 패하고 사로잡혔을 때 조조가 함께하기를 종용했으나 원소의 부하 안량과 문추를 베어 조조의 후대에 보답한 다음 오관을 돌파해 유비에게로 돌아갔다. 유비의 익주 공략 때 형주에 머무르면서 보인 위풍은 조조와 손권을 두렵게 했다. 동오 여몽의 계략에 따라 사로잡혀 참수되었다.

張飛

장비

호뢰관에서 큰 명성 먼저 떨치고
장판교에서는 흐르는 물도 돌렸네
의리로 엄안을 놓아 촉 땅을 안정시키고
지혜로 장합을 속여 한중을 평정했네

虎牢關上聲先震
長坂橋邊水逆流
義釋嚴顏安蜀境
智欺張郃定中州

장비(張飛, 165?~221) 촉한의 오호대장, 자는 익덕(益德). 유비, 관우와 의형제를 맺고 평생 생사고락을 함께하며 수많은 전투에서 절세의 용맹을 떨쳤다. 특히 형주에 있던 유비가 조조의 대군에 쫓겨 형세가 아주 급박하게 되었을 때 장판교 위에서 일갈해 위나라 군대를 물리침으로써 그 이름을 날렸다. 의형 관우가 죽은 뒤 복수를 위해 오를 치려던 와중에 부하에게 암살되었다.

賢哉糜氏內助劉君言
辭無失進退有倫心如金
石志似松筠身雖歸土名
不沾塵千載之
後配湘夫人

糜夫人

미 부인

어질도다 미 부인이여!
유 사군을 안에서 도왔구나
언사에 실수가 없었으며
진퇴에 차례가 있었도다
마음은 쇠와 돌 같았고
의지는 솔과 대 같았네
몸은 비록 흙으로 돌아갔지만
이름은 티끌에 더럽히지 않았네
천년이 흐른 뒤에도
상 부인과 나란히 칭송되리

賢哉糜氏　　志似松筠
內助劉君　　身雖歸土
言辭無失　　名不沾塵
進退有倫　　千載之後
心如金石　　配湘夫人

1 아두 : 유비의 뒤를 이어 촉한의 황제가 되어 후주(後主)라 불리게 되는 유선의 아명이다.

미 부인(糜夫人, ? ~208) 서주 부호 미축의 누이동생으로 유비의 아내 중 한 명이다. 장판파 싸움에서 부상을 당하고 조운을 만나 아두[1]를 부탁한 뒤 자신은 우물에 뛰어들어 스스로 목숨을 끊었다.

撥亂扶危主
慇勤受託孤
英才過管樂
妙策勝孫吳
凜凜出師表
堂堂八陣圖
如公全盛德
應歎古今無

諸葛亮

제갈량

난리를 구해 위태로운 주군을 돕고
정성스럽게 탁고의 사명[1]을 받았네
특출한 재주는 관중[2] · 악의[3]보다 뛰어나고
신묘한 계책은 손무[4] · 오기[5]보다 나았다
늠름하구나 출사표!
당당하도다 팔진도!
선생처럼 뛰어난 덕을 지닌 분
고금에 다시없음을 탄식하노라

撥亂扶危主　　凜凜出師表
慇懃受託孤　　堂堂八陣圖
英才過管樂　　如公全盛德
妙策勝孫吳　　應嘆古今無

1 탁고(託孤)의 사명 : 유비가 세상을 떠나기 전 유선을 부탁한 일을 가리킨다.

2 관중(管仲) : 춘추 시대 제나라의 재상. 사자성어 '관포지교'의 주인공이기도 하다.

3 악의(樂毅) : 전국 시대 연나라의 장군. 중국 역사에서 손꼽히는 명장이다.

4 손무(孫武) : 춘추 시대 오나라의 명장. ≪손자병법≫의 저자다.

5 오기(吳起) : 전국 시대 명장. ≪오자병법≫의 저자다.

제갈량(諸葛亮, 181~234) 촉한의 승상, 자는 공명(孔明). 삼고의 예로써 유비가 그를 찾았을 때 천하삼분지계를 설파하면서 유비의 군사가 되었다. 손권과 유비의 동맹을 성사하고 적벽 대전에서 조조의 군대를 크게 무찔렀다. 유비가 촉한의 왕위에 오른 뒤 승상이 되고, 유비 사후 후주 유선을 받들어 촉한을 다스리며 남정과 북벌을 도모했다. 남만의 수령 맹획을 일곱 번 잡아 일곱 번 놓아주어 그의 충성을 서약받기도 했다. 위나라를 정벌하기 위해 유선에게 올린 출사표는 천하의 명문장이다. 오장원 진중에서 병사했다.

西川馬孟
起名譽振
關中
孟德聞風
懼閻張可
遜雄
馬超

마초

서천의 마맹기는
명성이 관중을 흔들었네
조조도 소문 듣고 두려워 떨었으니
관우·장비에 버금가는 영웅이로세

西川馬孟起
名譽振關中
孟德聞風懼
關張可並雄

마초(馬超, 176~222) 촉한의 오호대장, 자는 맹기(孟起). 서량태수 마등의 아들로 장비와 우열을 가릴 수 없을 정도로 용명을 떨쳤다. 아버지 마등이 조조에게 죽자 양주에 근거해 독립적인 세력을 구축하고 조조에 항거했으나 동관에서 대패하고 공명의 계책으로 촉의 장수가 되었다. 이후 촉에서 혁혁한 공을 세우면서 좌장군을 거쳐 표기장군까지 올랐다.

老將說黃忠
收川立大功
重披金鏁甲
雙挽鐵胎弓
膽氣驚河北
威名鎮蜀中

黃忠

황충

노장 하면 황충을 말하는데
서천을 거두는 데 큰 공을 세웠도다
금쇄갑을 걸쳐 입고
철태궁을 거듭 당기었네
담력은 하북 땅을 뒤덮고
위명은 촉 땅을 제압했도다

老將說黃忠
收川入大功
重披金鎖甲
雙挽鐵胎弓
膽氣驚河北
威名鎭蜀中

황충(黃忠, ?~220) 촉한의 오호대장, 자는 한승(漢升). 유표 휘하에서 장사를 지키고 있었으나 적벽 대전 이후 유비에게로 가서 토로장군이 된다. 유비가 서촉으로 갈 때 큰 공을 세웠고 한중을 공격할 때는 정군산에서 조조의 장수 하후연을 죽여 이름을 드높인다. 같은 해 유비가 한중왕이 되자 사방장군 중 후장군이 되었다. 오나라와의 이릉 전투에서 적의 화살을 맞고 일흔다섯의 나이로 숨을 거뒀다.

常山有虎将
智勇匹關張
漢列功勳在
當陽姓字彰
两番扶幼主
一念答先王
青史書忠烈
應流百世芳

趙雲

조운

상산 땅에 호랑이 장수 있어
지혜와 용기가 관우·장비에 버금가네
한수에서 큰 공훈 세우고
당양에서 이름을 드날렸네
두 번이나 어린 군주 구한 일은
한결같이 선왕의 은혜에 보답하려 함일세
청사에 충렬이 기록되어
꽃다운 이름 백세에 전하리

常山有虎將　　兩番扶幼主
智勇匹關張　　一念答先王
漢水功勳在　　青史書忠烈
當陽姓字彰　　應流百世芳

조운(趙雲, ?~ 229) 촉한의 오호대장, 자는 자룡(子龍). 기주 상산 사람으로 처음에는 공손찬 휘하에 있다가 나중에 유비의 맹장이 되어 많은 무공을 세웠다. 특히 장판에서 유비의 아들 유선을 필마단기로 조조의 백만 대군 사이에서 구출해 용맹을 떨쳤다. 유비 사후에도 공명을 보좌하며 촉한의 노장군으로서 선봉에 서서 뒤따르는 장수들의 귀감이 되었고 많은 전공을 올렸다.

鳳雛吉羽
百非
紆玩展其
驥足
南州士冠

龐統

방통

봉추의 신선 깃털
애초부터 구경거리 아니었네
기린 발 뻗듯 능력 펼치니
남군 선비 가운데 으뜸이라네

鳳雛仙羽
自非近玩
展其驥足
南士之冠

방통(龐統, 179~214) 유비의 모사. 자는 사원(士元). 수경 선생 사마휘가 유비에게 복룡과 봉추 중에 한 사람만 얻어도 천하를 얻을 수 있다고 한 봉추(鳳雛, '새끼 봉황'이라는 뜻)가 바로 방통이다. 적벽 대전에서 연환계로 조조에게 치명타를 입혔다. 법정 등과 함께 촉 공략을 추진했으나 성도 진격 도중 낙성 공방전 때 낙봉파에서 화살에 맞아 젊은 나이로 숨졌다.

강유

천수에서는 뛰어난 인걸이고
양주에서는 기이한 재사라네
계보로는 강태공[1]의 후예요
병법은 무후[2]를 본받았구나

天水稱英俊
凉州産異才
系從尙父出
術奉武侯來

1 강태공(姜太公) : 중국 주나라의 재상을 지냈으며 제나라를 세운 인물이다.

2 무후(武侯) : 제갈량을 가리킨다.

강유(姜維, 202~264) 촉한의 장군, 자는 백약(伯約). 위나라 관리였으나 제갈량의 제1차 북벌 때 귀순했다. 그 뒤 제갈량의 신임을 크게 얻고, 그가 터득한 방법을 모조리 전수받았다. 제갈량이 세상을 떠난 뒤 뜻을 이어 여러 차례 중원을 도모하려 했으나 그때마다 조정에서 환관 황호의 농간으로 뜻을 이루지 못했다. 촉의 패망 뒤 점령군 종회를 이용해 부흥을 꾀했으나 실패하고 말았다.

古恠形容
異清高體
貌跡膽量
對鹵蜀文
章贊參盡

張松

장송

고괴해 생김새도 특이하고
고상해 예절도 소홀히 했네
담력으로는 서촉에서 으뜸이고
문장은 하늘을 꿰뚫었도다

古怪形容異
淸高禮貌疎
膽量魁西蜀
文章貫太虛

장송(張松, ?~213) 후한 말 익주목 유장의 신하. 자는 자교(子喬). 사정을 기민하게 살피는 데 뛰어나고 기억력이 비상했으며 박학다식했다. 유장과 유비의 연계를 추진했다. 유비가 최대한의 예로써 대하자 감격해 유장을 배신하고 익주를 유비에게 바치려 했으나 형 장숙의 고변으로 유장에게 죽임을 당했다.

慷慨弓中程
祭酒身
留一劍答君
王臨危
不改平生志
傳於聲
君義古揭
匡盛

정기

기개 있도다, 촉 땅의 정 좨주여!
검 하나로 자결해 군왕에게 보답했네
위기를 당해서도 평생의 뜻 변치 않고
널리 명성을 만고에 드날렸도다

慷慨蜀中程祭酒
身留一劍答君王
臨危不改平生志
博得聲名萬古揚

정기(程畿, ?~222) 후한과 촉한의 신하, 자는 계연(季然). 원래 익주목 유장의 신하였으나 유비가 유장을 몰아내고 익주를 차지한 뒤 종사좨주(從事祭酒)로 삼았다. 이릉 대전에서 촉군이 대패하자 유비를 지키기 위해 동오와 끝까지 싸우다가 검으로 스스로 목을 베어 자결했다.

逍遙津
魏大將
軍
傳形

부동

죽음에 이르러서도 오나라 개들을 꾸짖었으니
부동은 대장군으로서 부끄럽지 않도다

至死猶然罵吳狗
傅彤不愧大將軍

부동(傅彤, ?~222) 후한과 촉한의 무장. 중군호위로 이릉 대전에 참전했으나 육손의 계책에 빠져 대패해 퇴각하자 후방을 지켰다. 오군이 항복을 권유했으나 "한의 장수가 어찌 오나라 개 따위에게 항복하겠느냐"며 끝까지 싸우다가 전사했다. 원래 이름은 부융(傅肜)이나 융(肜)을 동(彤)으로 착각해 혼용했다. 오디오북에선 박태원의 번역을 그대로 따랐다.

先主兵歸白
帝城夫人聞
難獨捐生至
今江畔遺碑
在猶著千秋
烈女名

孫夫人

손 부인

선주 군대가 백제성으로 쫓겨 갈 때
어렵다는 소식 듣고 목숨을 던졌도다
지금도 강가에 비석이 전해 오니
천추에 열녀의 이름 드높구나

先主兵歸白帝城
夫人聞難獨捐生
至今江畔遺碑在
猶著千秋烈女名

손 부인(孫夫人, ?~?) 유비의 아내. 오나라 손권의 누이로 자색도 있고 무예도 즐겨 대장부도 따르지 못할 기상이 있었다. 주유의 계략이 잘못 풀려 유비의 부인이 된 지 몇 해 만에 유비의 부재를 틈탄 손권의 모략으로 다시 오나라로 돌아왔다. 이릉 대전에서 유비가 전사했다는 잘못된 소문을 듣고 장강에 몸을 던져 죽었다.

固一世之雄也
而今安在哉

曹操

조조

진실로 당대의 영웅이었는데
지금은 어디에 있단 말인가

固一世之雄也
而今安在哉

조조(曹操, 155~220) 후한의 마지막 승상이자 조위의 태조 무황제. 자는 맹덕(孟德). 황건적 난 평정에 공을 세우며 두각을 나타내어 마침내 헌제를 옹립하고 종횡으로 무략을 휘둘렀다. 화북을 거의 평정하고 이어서 남하를 꾀했지만 적벽에서 손권과 유비의 연합군에 대패한 이후로 세력이 강남까지는 미치지 못하고 북방의 안정을 도모했다. 인재를 사랑해 그의 휘하에는 용맹한 장수와 지혜로운 모사가 많이 모였다.

하후돈

영토를 개척하고 넓힌 하후돈
창칼 속에서 만군을 대적했도다
화살 뽑아 한 눈 잃어 애꾸 됐으나
눈알 씹고 분노하며 양친을 떠올리네

開疆展土夏侯惇
鎗戟叢中敵萬軍
援矢去眸枯一目
啖睛怒氣喚雙親

하후돈(夏候惇, ?~220) 조위의 맹장, 자는 원양(元讓). 조조가 분무장군으로 동탁을 토벌하고자 의병을 모집할 때 하후연과 함께 조조를 따르기 시작해 조조와 같은 해에 사망했다. 여포와 싸움에서 전투 도중 날아온 화살에 맞아 한쪽 눈을 잃었다. 이때 부모에게서 물려받은 눈이라며 태연히 눈알을 뽑아 먹고 적장의 목을 베었다는 일화로 유명하다. 전한 개국 공신 하후영의 후손이다.

頴上荀文
若人稱王
佐才聲
名齊五嶽
功業震三
台 荀彧

순욱

영천 땅의 순문약
임금 도울 인재라네
명성은 오악과 나란히 하고
공훈은 삼태성을 흔들 만하네

潁上荀文若
人稱王佐才
聲名齊五嶽
功業震三台

순욱(荀彧, 163~212) 조위의 모사, 자는 문약(文若). 처음 원소에게 의탁했지만 그가 큰 재목이 아님을 알고 조조에게 가 뛰어난 계책으로 조조의 신임을 얻었다. 유비에게 관직을 주고 그 담보로 여포를 치게 하는 것이나 유비와 원술을 다투게 해서 서주를 지키고 있는 여포의 변심을 꾀어내는 것 같은, 모사로서의 뛰어난 면모를 잘 보여 줬다. 조조의 구석[1]을 반대하다가 미움을 사서 결국 자결했다.

1 구석(九錫) : 중국에서 천자가 특히 공로가 큰 제후와 대신에게 하사하던 아홉 가지 물품.

智能過寗
武德可
配顏淵功
振三分
國才成十
二篇 荀彧

순유

지혜는 영무보다 뛰어났고
인덕은 안연[1]과 짝을 이뤘네
공로가 삼국에 진동하고
재주는 열두 편을 완성했도다

知能過甯武
德可配顏淵
功振三分國
才成十二篇

순유(荀攸, 157~214) 조위의 군사. 자는 공달(公達). 순욱의 조카지만 나이는 여섯 살 위다. 후한 말 하진의 부름을 받아 황문시랑으로 임명되었으나 동탁이 정권을 잡자 그를 암살할 계획을 세웠다가 투옥되었다. 동탁의 죽음으로 풀려난 뒤 조조가 헌제를 맞아 도읍을 허창으로 옮겼을 때 부름을 받고 조조의 사람이 되었다. 여포 토벌, 관도 전투 등에서 군사로서 종군하며 공적을 세웠다.

1 안연(顏淵): 공자가 가장 아끼는 제자였다. 학덕이 높기로 이름났다.

誦殺江南
衆小兒號
遼來字遠
際聞條呼
亂母低聲
從叔靜更
眾亦敢啼

張遼

장료

강남의 아이들을 벌벌 떨게 한
장료의 이름은 안방까지 소문났네
유모의 나지막한 이야기만 듣고도
한밤중에 문 닫고 울지 못하네

虓殺江南衆小兒
張遼名字透深閨
纔聞乳母低聲談
夜靜更闌不敢啼

장료(張遼, 169~222) 조위의 대장, 자는 문원(文遠). 여포의 부장이었으나 조조가 하비에서 여포를 격파하자 조조에게 투항했다. 이후 조조를 수행하며 용기와 지략으로 많은 전공을 세웠다. 특히 합비 전투에서 손권의 수만 군사를 물리치는 등 주로 동오 전선을 담당하며 맹위를 떨쳤다. 그 때문에 오나라에선 어린아이들이 그 이름만 들어도 벌벌 떨 정도였다고 한다.

天生郭奉孝
豪氣對羣英
腹內藏經史
胸中隱甲兵
運謀如范蠡
決策似陳平

郭嘉

곽가

하늘이 낸 곽봉효
호기는 영웅 가운데 으뜸이로세
뱃속에는 경사를 담았고
가슴속에는 갑병을 품었네
계획을 운용함은 범여[1]와 같고
책략을 결정함은 진평[2]과 같도다

天生郭奉孝
豪氣冠羣英
腹內藏經史
胸中隱甲兵
運謀如范蠡
決策似陳平

1 범여(范蠡) : 춘추 시대 초나라 사람으로 월왕 구천을 섬겨 오나라를 멸망시킨 모신(謀臣)이다.

2 진평(陳平) : 위나라 출신의 정치가로 유방을 도와 한나라 개국 공신이 되고 승상 자리까지 올랐다.

곽가(郭嘉, 170~207) 조위의 책사, 자는 봉효(奉孝). 순욱의 추천으로 조조를 섬기게 되었다. 관도 대전 때 조조에게 열 가지 승리할 수 있는 요인을 제시함으로써 원소를 격파할 수 있는 자신감을 심어 줬다. 천재적 통찰력으로 조조의 절대적 신임을 얻었다. 풍토병을 얻어 젊은 나이로 요절하자 조조는 크게 애석해했다. 특히 적벽에서 패한 조조는 곽가의 부재를 크게 탄식했다.

凜〻威風鎮
九州
當年許褚果
如彪
只因孟起軍
前見
天下從茲播
虎侯
許褚

허저

구주를 누른 늠름한 위풍
당시의 허저는 귀신같았네
마초와 싸우는 모습만 보고도
이때부터 천하에 호랑이 장수로 소문났네

凜凜威風鎭九州
當年許褚果如彪
只因孟起軍前見
天下從玆播虎侯

허저(許褚, ?~?) 조위의 무장. 자는 중강(仲康). 자신을 따르던 자경단 무리를 이끌고 조조에게 귀순해 바로 도위가 되었다. 우월한 완력과 우직한 성품으로 조조의 신임을 얻어 그 호위를 맡았으며 용맹을 떨쳤다. 호랑이와 같은 힘이 있었으나 평소에는 조금 멍한 상태였기 때문에 군사들에게 '호치(虎癡)'라는 별명으로도 불렸다.

文章絶世
代豪氣貫
長虹坐上
客常滿樽
中酒不空

孔融

공융

문장은 당대 으뜸이고
호기는 무지개를 꿰뚫었네
자리에는 손님이 항상 넘치고
술통에는 술이 비지 않았도다

文章絕世代
豪氣貫長虹
座上客常滿
樽中酒不空

1 건안 칠자(建安七子) : 중국 후한 건안 시절 시문(詩文)에 뛰어났던 일곱 명의 문인을 이르던 말이다. 공융·진림(陳琳)·왕찬(王粲)·서간(徐幹)·완우(阮瑀)·응창(應瑒)·유정(劉楨)을 이른다.

공융(孔融, 153~208) 후한 말의 정치가, 자는 문거(文擧). 공자의 20세손으로 건안 칠자[1] 중 한 명이다. 십상시의 전횡을 비판한 청의파 선비로 유명했으며, 황건적의 난이 일어났을 때는 노식의 부장으로 활약했다. 헌제를 옹립한 조조와 사사건건 대립했다. 결국 조조의 형주 정벌을 반대해 비판하다가 조조에게 처형당했다.

鐵戟雙提八
十斤濮陽城
外建奇勳典
韋救出懷天
下勇猛當世
萬年長

典韋

전위

팔십 근 쌍극을 들고
복양성 밖에서 공훈을 세웠네
전위가 주군을 구해 천하를 전하니
용맹은 마땅히 제일로 쳐야 하리

鐵戟雙提八十斤
濮陽城外建功勳
典韋救主傳天下
勇猛當先第一人

전위(典韋, ?~197) 조조의 맹장. 하후돈의 천거로 조조의 사람이 되었다. 매우 충직하고 신중했으며 항상 조조의 곁을 떠나지 않고 지켰다. 무기로 큰 쌍극을 지니고 다녔는데, 복양에서 여포에게 화공을 당한 조조를 구해 냈다. 완성에서 장수의 습격을 받아 죽을 위기에 처한 조조를 지키다가 죽었다.

周瑜

주유

아름답구나 공근이여
백년에 한 번 태어나
오나라에서 패권을 정하고
위나라와 천하를 겨루었네
오림에서 적을 깨뜨리고
적벽에서 군사를 펼치니
현덕이 일컫기를
주유는 당대의 영웅이라네

美哉公瑾	烏林破敵
百世而生	赤壁陳兵
於吳定覇	所以玄德
與魏爭衡	謂瑜世英

주유(周瑜, 175~210) 동오의 도독, 자는 공근(公瑾). 손책과 둘도 없는 친구 사이로 장소와 함께 손책을 보좌해 오나라의 기초를 공고히 했다. 손책 사후 손권 집권 시절 유비와 협력해 적벽 대전에서 조조 군에 대승을 거두었다. 이어 남군태수가 되어 촉을 취하려다가 파구에서 서른다섯의 나이로 병사했다.

自幼能籌畫，多謀善用兵；凝眸知地理，仰面識天文。

鄧艾

등애

어려서부터 계책에 능했고
꾀도 많아 용병도 뛰어났네
한 번 눈여겨보면 지리를 파악했고
얼굴을 들면 천문을 알았도다

自幼能籌畫
多謀善用兵
凝眸知地理
仰面識天文

등애(鄧艾, 197~264) 조위의 명장. 자는 사재(士載). 하급 관리였다가 태위 사마의에게 재능을 인정받아 관직이 오르기 시작했다. 정서장군으로서 험한 길을 개척해 촉한의 수도인 성도에 들어가 제갈첨, 장준 등의 목을 베고 유선의 항복을 받아 드디어 촉의 정벌에 성공했다. 종회, 위관 등의 모함을 받아 결국 죽임을 당했다.

裸衣辱
罵一庵
皆驚僣
檛打落
千穐稱
快

禰衡

예형

옷을 벗고 꾸짖으니
좌중의 모든 이가 놀라는구나
북채를 빌려 두드리니
천추에 통쾌한 일이라고 하네

裸衣辱罵
一座皆驚
借槌打落
千秋稱快

예형(禰衡, 173~198) 후한 말의 인물, 자는 정평(正平). 언변에 뛰어난 독설가로 북해태수 공융과 친분이 깊었다. 공융의 추천으로 조조를 만났으나 조조의 부하들을 능멸했다. 조조가 시험할 요량으로 북 치는 일을 주었더니 뛰어난 연주 실력을 뽐내었고, 관리가 복식을 트집 잡자 옷을 벗고 북을 계속 쳤다고 한다. 이어 유표, 황조에게도 독설을 퍼붓다가 결국 황조에게 죽임을 당했다.

平原神卜管
公明能算南
辰北斗星[illegible]
幽鬼竅予何
鄴未衰先知
是死人

管輅

관로

평원 땅의 신비한 복술가 관공명
남과 북의 별자리까지 능히 계산했네
귀유와 귀조로 하안과 등양을 분별하고
초상이 나기도 전에 죽을 것을 알았도다

平原神卜管公明
能算南辰北斗星
鬼幽鬼躁分何鄧
未喪先知是死人

관로(管輅, 209~256) 조위의 점술가, 자는 공명(公明). 주역과 점술에 정통하고 관상술에 능했다. 이미 8, 9세에 천문 보는 것을 즐겼다고 한다. 좌자의 도술로 조조가 병들었을 때 태사승 허지가 그를 천거했고, "그것은 한갓 환술일 뿐"이라는 그의 말을 듣고 조조의 병이 나았다. 이후 다시 조조가 천하대세를 묻자 하우연의 죽음, 서촉의 침범, 허도의 화재 등을 예견했다.

藝與德
術以長
業
祖識時
窺垣之
方

華佗

화타

화타의 신선 같은 의술은 장상군[1]과 비교되고
귀신같은 능력은 담장 건너편도 꿰뚫어 보았네

華陀仙術比長桑
神識如窺垣一方

1 장상군(長桑君) : 중국 전국 시대 명의 편작의 스승으로 알려진 신인(神人)이다.

화타(華陀, 145~208) 후한 말의 명의, 자는 원화(元化)이며 본명은 부(敷). 손권의 부탁으로 생명이 위독한 주태를 수술해 완치했다. 관운장이 독화살을 맞아 고생한다는 말을 듣고 찾아가 살을 째고 뼈를 긁어 치료했다. 극심한 두통에 시달리던 조조가 불렀을 때 뇌수술을 권하다가 조조의 노여움을 사 옥사했다.

동탁

패업을 이루었을 땐 제왕이 되고
이루지 못해도 부자는 되는데
누가 알았으랴 하늘은 사사로움이 없음을
미오궁이 이루어지기 무섭게 망했구나

霸業成時爲帝王
不成且作富家郎
誰知天意無私曲
郿塢方成已滅亡

동탁(董卓, 139~192) 후한 말의 군벌, 자는 중영(仲穎). 영제 사후 십상시의 난 등 정치적 혼란을 틈타 정권을 잡았다. 황실을 마음대로 주무르며 온갖 폭정을 휘두르다가 사도 왕윤의 계략으로 여포에게 목숨을 잃는다. 자신이 사는 미(郿)에 만세오(萬歲塢)라는 성채를 쌓았는데, 당대 사람들이 흔히 미오(郿塢)라고 불렀다고 한다.

溫侯神射
世間稀曾
向轅門射
戟時落日
果然欺后
羿號猿直
欲勝由基

呂布

여포

온후의 귀신같은 활 솜씨 세상에 드물어
일찍이 원문에서 화극 향해 쏘았도다
해를 떨어뜨린 후예[1]도 가소롭고
잔나비 울린 명궁 양유기[2]도 당하지 못하리

溫侯神射世間稀
曾向轅門射戟時
落日果然欺后羿
號猿直欲勝由基

1 후예(后羿) : 하나라 시절에 유궁국(有窮國)의 왕으로 활을 잘 쏘았다는 전설적 인물이다. 어느 때 열 개의 해가 한꺼번에 나와서 쇠와 돌이 다 녹아 흐르게 된 것을 후예가 활로 쏴 아홉 개를 맞혀 떨어뜨려 무사하게 되었다는 이야기가 전한다.

2 양유기(養由基) : 춘추 시대 초나라의 명궁으로 '백발백중' 고사의 주인공이다.

여포(呂布, ?~199) 후한 말의 장군, 자는 봉선(奉先). 유비·관우·장비 삼 형제와 1 대 3 싸움에서도 밀리지 않는 등 당대 최강 무예를 갖고 있었다. 하지만 자기를 거둔 정원을 배신하고 동탁에게 가서 양아들이 되고, 또 왕윤에 넘어가 동탁을 죽이는 등 신의가 없어서 모두에게 배척당했다. 결국 부하의 배반으로 조조에게 사로잡혀 목숨을 잃었다.

殄滅國賊
不辱
主命漢世
簪纓
不及婦人

貂蟬

초선

나라의 적들을 모두 없애니
주군의 명을 욕되게 하지 않았네
한나라 벼슬아치들
여인네만도 못하구나

殄滅國賊
不辱主命
漢室簪纓
不及婦人

초선(貂蟬) 후한 말 사도 왕윤의 가기(家妓)다. 아름답고 총명해 왕윤이 친딸처럼 대했다. 동탁의 폭정으로 황실이 기울자 왕윤을 도와 연환계를 펼쳐 동탁과 여포를 반목하게 만들어 동탁을 죽게 한다. 중국 4대 미녀 가운데 한 명으로 손꼽힌다.

紫髯碧眼
號英雄能
使羣僚肯
盡忠二十四
年興大業
龍盤虎踞
在江東

吳大帝

오 대제

붉은 수염에 푸른 눈의 영웅이라
신하에게 충성을 다하게 했네
재위 24년에 대업을 일으키고
용과 호랑이처럼 강동에 웅거했도다

紫髯碧眼號英雄
能使群僚肯盡忠
二十四年興大業
龍盤虎踞在江東

손권(孫權, 182~252) 오 태조 대황제, 자는 중모(仲謀). 손견의 둘째 아들로 형 손책이 죽자 그 뒤를 이어 주유 등의 보좌를 받아 강남의 경영에 힘썼다. 유비와 연합해 남하한 조조의 대군을 적벽에서 격파함으로써 강남에서의 지위를 확립했다. 형주의 귀속 문제를 둘러싸고 유비와 대립하다가 관우를 죽이고 형주를 점령했다. 그 결과 위, 오, 촉 삼국의 영토가 거의 확정되었다.

矢志全忠孝東萊太史慈姓名昭遠塞弓馬震雄師

太史慈

태사자

처사로서 충효를 다한
동래 땅의 태사자라네
명성은 먼 변방까지 들렸고
궁마술은 뛰어난 군대도 뒤흔들었네

處士全忠孝
東萊太史慈
姓名昭遠塞
弓馬震雄師

태사자(太史慈, 166~206) 동오의 맹장. 자는 자의(子義). 북해태수 공융이 포위되었을 때 단신으로 포위를 뚫고 나와 유비에게 구원을 요청했을 정도로 용맹했다. 손책이 양주자사 유요를 공격하자 저항하다가 손책에게 잡혔으나 깍듯한 예의로 대하는 손책에 이끌려 그를 따르게 되었다. 합비성을 치다가 장료에게 반격당해 죽었다.

飛步凌雲遍九州獨憑遁甲自遨遊等閒施設神仙術點悟曹瞞不轉頭
左慈

좌자

나는 듯 구름 밟고 구주를 누비며
둔갑술에 의지해 자유로이 노닐었네
신선술을 한가로이 구사하며
조조를 일깨우나 다시 생각 않는구나

飛步凌雲遍九州
獨憑遁甲自遨遊
等閒施設神仙術
點悟曹瞞不轉頭

좌자(左慈, ?~?) 후한 말의 도인. 자는 원방(元放). 젊을 때부터 '신(神)의 도(道)'를 체득하고 점성술과 변신술, 연금술에 통달했으며 한 왕조의 멸망을 예견했다. 조조와 동향으로 도술에 관심 있던 조조에게 불려와 여러 도술을 펼쳤다. 유비에게 천하를 내주라며 조조를 타일렀고, 그로 인해 고문을 당했으나 태연했으며, 조조의 죽음을 예언한 뒤 사라졌다.

植性以嚴
律躬己儉
盤匐治國
手不釋卷
公瑾之後
肅為僅見

魯肅

노숙

성품은 엄격하게 기르고
몸은 검소하게 살았네
군대와 나라를 다스리면서도
손에서 책을 놓지 않았으니
그 같은 모습 공근 이후로
노숙에게서나 겨우 볼 수 있구나

植性以嚴
律躬以儉
監軍治國
手不釋卷
公瑾之後
肅爲僅見

노숙(魯肅, 172~217) 동오의 명장, 자는 자경(子敬). 많은 재산을 가진 호족으로서 주유의 천거로 손권을 만나 천하 통일의 대계를 개진함으로써 그의 오른팔이 되었다. 조조가 강동을 노리자 다른 신하들이 항복을 주장할 때 홀로 유비와 동맹해 조조에게 맞설 것을 주장했다. 제갈량, 주유와 함께 적벽 대전에서 조조 군을 물리친 주역의 한 사람이다.

白衣搖換真奇計
一擧荊襄取次收

呂蒙

여몽

흰옷 입혀 노 젓게 하는 놀라운 계책으로
단번에 형주와 양양 땅을 거둬들였도다

白衣搖櫓眞奇計
一擧荊襄取次收

여몽(呂蒙, 178~219) 동오의 명장, 자는 자명(子明). 고사성어 '괄목상대'의 주인공으로 지략에 출중해 손권의 깊은 신임을 받았다. 관우와 형주에서 싸울 때 젊은 육손을 내세워 상대를 방심하게 하고 그 틈에 후방을 급습해 관우를 사로잡아 죽였다. 그러나 승전을 기념하는 자리에서 관우의 혼에 씌어 피를 토하고 죽는다.

苦肉計謀
高曹兵禍
所招阿瞞
雖有智一
炬自難逃

黄蓋

황개

고육지책이 진실로 훌륭하지만
조조의 군대가 재앙을 불렀도다
아만[1]이 비록 지모가 있다 해도
한바탕 불길을 피하기는 어려웠으리

苦肉計誠高
曹兵禍所招
阿瞞雖有智
一炬自難逃

황개(黃蓋, ?~?) 동오의 노장, 자는 공복(公覆). 젊은 시절 손견이 큰 뜻을 이루고자 일어섰을 때부터 이후 손책, 손권까지 받든 오나라의 원로다. 적벽 대전에서 주유에게 화공을 제안했고, 스스로를 해치는 고육지계로써 조조를 속이고 거짓 투항해 조조 군선에 불을 질러 전공을 세웠다.

1 아만(阿瞞) : 조조의 아명이다.

吳郡甘興霸
長江錦幔舟
酬君重知己
報友化仇讎
劫寨將輕騎
驅兵飲巨甌

甘寧

감녕

오군 땅의 감흥패는
장강에서 비단 돛을 단 도적이었네
자신을 알아준 주군에게 은혜를 갚고
벗에게는 보답해 원수도 감화했네
적진을 빼앗을 때 날쌔게 말달리고
군사를 내몰며 큰 잔으로 술 마셨도다

吳郡甘興覇
長江錦幔舟
酬君重知己
報友化仇讐
劫寨將輕騎
驅兵飮巨甌

감녕(甘寧, ?~219) 동오의 무장, 자는 흥패(興霸). 젊은 시절 무뢰배로 지내다가 황조에게 푸대접을 받고 손권 밑으로 들어간 뒤 담력과 기지를 이용해 군사 능력을 발휘했다. 유수에서 조조 군에 승리한 뒤 병사들에게 일일이 술잔을 따라 돌렸고, 병사들은 그를 위해 기꺼이 싸웠다. 황조에게 있을 때 자신을 돌봐 줬던 소비의 구명을 호소해 은혜를 갚았다.

우길

동쪽 오나라로 왕래한 지 수십 년
모두 우길이 신선임을 알았으나
영웅은 헛된 일을 믿지 않으니
신선 되어 하늘로 올라갔네

來往東吳數十年
盡知于吉是神仙
英雄不信虛無事
顯化猶然氣觸天

우길(于吉, ? ~200) 강동 지방의 도인으로서 태평도의 창시자다. 선인으로 많은 사람의 병을 고치고 호풍환우(呼風喚雨)하는 술법을 썼다. 백성과 신하는 물론, 손책의 어머니까지 존경했으나 손책은 그를 혹세무민한다며 잡아 죽였다. 손책은 우길의 망령에 시달리다가 죽었다고 한다.

開言崇聖典
用武著通神
三國英雄士
四朝經濟臣
史共驅虎豹
養學得麒麟
諸葛常稱龍
能廻天地書

司馬懿

사마의

언사로는 성현의 말씀을 받들고
용병은 귀신과 통하는 듯하구나
삼국의 영웅 같은 선비로
네 조정을 섬긴 신하였네
둔병에는 범과 호랑이를 모는 듯하고
자식 양육은 기린을 얻은 듯했구나
제갈량이 항상 최고라 칭했는데
천지에 새 세상을 돌려놓았도다

開言崇聖典　　屯兵驅虎豹
用武若通神　　養子得麒麟
三國英雄士　　諸葛常稱最
四朝經濟臣　　能廻天地春

사마의(司馬懿, 179~251) 조위의 최고 관료이자 서진의 추존 황제. 자는 중달(仲達). 조조를 시작으로 조비, 조예, 조방까지 4대에 걸쳐 위나라를 섬겨 신하로서 최고직인 태위와 태부를 모두 지냈다. 제갈량이 자기 못지않은 계략을 지닌 그를 꺼려 반간계를 써서 조정에서 멀리 보냈는데, 뒤에 복귀하자 과연 좋은 적수로서 대결했다. 조비 사후 모든 권력을 손아귀에 쥐었고 마침내 그의 손자 사마염이 진나라를 세웠다.

오디오북 차례

28장 채양을 베어 형제가 의혹을 풀고 고성에 모여 군신이 의리를 세우다

29장 소패왕이 노하여 우길을 베고 벽안아가 앉아서 강동을 거느리다

30장 관도에서 싸워 본초는 싸움에 패하고 오소를 들이쳐서 맹덕은 군량을 불사르다

31장 조조는 창정에서 본초를 깨뜨리고 현덕은 형주로 가서 유표에게 의지하다

32장 원담과 원상이 기주를 가지고 다툴 때 허유는 조조에게 장하를 틀 계책을 드리다

33장 조비는 난리를 타서 견씨에게 장가들고 곽가는 계책을 남겨 두어 요동을 정하다

34장 채 부인은 병풍 뒤에서 밀담을 엿듣고 유 황숙은 말 타고 단계를 뛰어넘다

35장 현덕이 남장에서 은사를 보고 단복이 신야에서 영주를 만나다

36장 현덕이 계책을 써서 번성을 엄습하고 원직이 말을 달려와서 공명을 천거하다

37장 사마휘가 다시 명사를 천거하여 유현덕은 세 번 초려를 찾다

38장 공명은 융중에서 현덕을 위해 계책을 정하고 손권은 장강에서 돌아간 부친의 원수를 갚다

39장 유기는 형주성에서 세 번 계책을 구하고 공명은 박망파에서 처음으로 군사를 쓰다

40장 채 부인은 형주를 조조에게 바치고 제갈공명은 신야를 불로 사르다

41장 백성을 데리고 현덕은 강을 건너고 필마단기로 조자룡은 주인

을 구하다

42장 장비는 장판교에서 크게 호통치고 현덕은 패해서 한진구로 달아나다

43장 강동의 모사들과 공명은 혀로 싸우고 뭇사람의 공론을 노숙은 극력 물리치다

44장 공명은 슬기롭게 주유를 격동하고 손권은 용단을 내려 조조를 치기로 하다

45장 삼강구에서 조조는 군사를 잃고 군영회에서 장간은 계교에 떨어지다

46장 기이한 꾀를 써서 공명은 화살을 빌고 비밀한 계책을 드려 황개는 형벌을 받다

47장 감택은 가만히 사항서를 드리고 방통은 교묘하게 연환계를 쓰다

48장 장강에서 잔치하며 조조는 시를 읊고 전선을 연쇄하여 북군은 무력을 쓰다

49장 칠성단에서 공명은 바람을 빌고 삼강구에서 주유는 불을 놓다

50장 공명은 꾀도 많아서 화용도로 조조를 꾀어 들이고 관운장은 의기도 장해서 잡은 조조를 놓아 보내다

51장 조인은 동오 군사와 크게 싸우고 공명은 주공근의 기를 한 번 돋우다

52장 제갈량은 교묘하게 노숙을 물리치고 조자룡은 계교를 써서 계양을 취하다

53장 관운장은 의로써 황한승을 놓아주고 손중모는 대판으로 장문원과 싸우다

54장 오 국태는 절에서 신랑의 선을 보고 유 황숙은 화촉동방에 아

영채를 겁략하고 좌자는 술잔을 던져 조조를 희롱하다

69장 주역을 점쳐서 관뇌는 천기를 알고 역적을 치다가 다섯 신하는 충의에 죽다

70장 맹장 장비는 지혜로 와구관을 취하고 노장 황충은 계책을 써서 천탕산을 빼앗다

71장 대산을 차지하고 황충은 편히 앉아 적이 피로하기를 기다리고 한수를 의지해서 조운은 적은 군사로 대병을 이기다

72장 제갈량은 한중을 지혜로 취하고 조아만은 야곡으로 군사를 돌리다

73장 현덕은 한중왕의 위에 오르고 운장은 양양군을 쳐서 빼앗다

74장 방영명이 관을 지우고 나가서 죽기로써 싸움을 결단하고 관운장이 강물을 터서 칠군을 엄살하다

75장 관운장은 뼈를 긁어 독기를 다스리고 여자명은 백의로 강을 건너다

76장 서공명은 대판으로 면수에서 싸우고 관운장은 패해서 맥성으로 달아나다

77장 옥천산에서 관 공이 현성하고 낙양성에서 조조가 감신하다

78장 풍질을 고치다가 신의는 비명에 죽고 유명을 전하고서 간웅은 세상을 버리다

79장 형이 아우를 핍박하니 조식은 시를 읊고 조카로서 삼촌을 함해하고 유봉은 처형을 당하다

80장 조비는 헌제를 폐하여 한나라를 찬탈하고 한중왕은 제위에 올라 대통을 계승하다

81장 형의 원수를 급히 갚으려다

장비는 해를 입고 아우의 한을 풀려고 현덕은 군사를 일으키다

82장 손권은 위에 항복하여 구석을 받고 선주는 오를 치고 육군을 상주다

83장 효정에서 싸워 선주는 원수들을 잡고 강어귀를 지키다가 서생은 대장이 되다

84장 육손은 칠백 리 영채를 불사르고 공명은 공교하게 팔진도를 배포하다

85장 유 선주는 조서를 끼쳐 고아를 부탁하고 제갈량은 편히 앉아서 오로병을 평정하다

86장 진복은 천변을 늘어놓아 장온을 힐난하고 서성은 화공을 써서 조비를 깨뜨리다

87장 남구를 치려 하여 승상은 크게 군사를 일으키고 천병에 항거하다 만왕은 처음으로 결박을 당하다

88장 노수를 건너서 두 번째 번왕을 묶어 오고 거짓 항복함을 알아 세 번째 맹획을 사로잡다

89장 무향후는 네 번째 계책을 쓰고 남만왕은 다섯 번째 생금을 당하다

90장 거수를 몰아 여섯 번째 만병을 깨뜨리고 등갑을 불살라 일곱 번째 맹획을 사로잡다

91장 노수에 제를 지내 승상은 군사를 돌리고 중원을 치려 무후는 표문을 올리다

92장 조자룡은 분발하여 다섯 장수를 베고 제갈량은 꾀를 써서 세 성을 빼앗다

93장 강백약은 공명에게 항복을 드리고 무향후는 왕랑을 꾸짖어 죽이다

94장 제갈량은 눈을 이용해서 강병을 깨뜨리고 사마의는 날을 한해서 맹달을 사로잡다

95장 마속은 간하는 말을 듣지 않다가 가정을 잃고 무후는 거문고를 타서 중달을 물리치다

96장 공명은 눈물을 뿌려 마속을 베고 주방은 머리를 잘라 조휴를 속이다

97장 위국을 치려 하여 무후는 다시 표문을 올리고 조병을 깨뜨리려 하여 강유는 거짓 항서를 드리다

98장 한군을 쫓다가 왕쌍은 죽고 진창을 엄습하여 무후는 이기다

99장 제갈량은 위병을 크게 깨뜨리고 사마의는 서촉을 범해 들어오다

100장 촉병은 영채를 겁칙하여 조진을 깨뜨리고 무후는 진법을 다투어 중달을 욕보이다

101장 농상으로 나가 공명은 귀신 놀음을 하고 검각으로 달려가다가 장합은 계책에 떨어지다

102장 사마의는 북원 위교를 점거하고 제갈량은 목우유마를 만들다

103장 상방곡에서 사마의는 하마 죽을 뻔하고 오장원에서 제갈량은 별에 수를 빌다

104장 큰 별이 떨어져 한나라 승상은 하늘로 돌아가고 목상을 보고서 위나라 도독은 간담이 스러지다

105장 무후는 미리 금낭계를 깔아두고 위주는 승로반을 떼어 옮기다

106장 공손연이 싸우다 패하여 양평에서 죽고 사마의 거짓 병든 체하여 조상을 속이다

107장 위나라 임금의 정사는 사마씨에게로 돌아가고 강유의 군사는 우두산에서 패하다

108장 정봉은 눈 속에서 짧은 병장기를 뽐내고 손준은 술자리에서 비밀한 계책을 베풀다

109장 한나라 장수가 기이한 꾀를 쓰매 사마소는 곡경을 치르고 위나라 집의 응보로 조방은 폐함을 당하다

110장 문앙은 단기로 웅병을 물리치고 강유는 배수진을 쳐서 대적을 깨뜨리다

111장 등사재는 지혜로 강백약을 깨뜨리고 제갈탄은 의리로 사마소를 치다

112장 수춘을 구하려다 우전은 의리를 지켜서 죽고 장성을 치매 강유는 힘을 다해 적을 무찌르다

113장 정봉은 계책을 정해서 손림을 베고 강유는 진법을 다투어 등애를 깨뜨리다

114장 조모는 수레를 몰아 남궐에서 죽고 강유는 양초를 버려 위병을 이기다

115장 회군하라고 조서를 내려 후주는 참소를 믿고 둔전한다 칭탁하고 강유는 화를 피하다

116장 종회는 한중 길에서 군사를 나누고 무후는 정군산에서 현성하다

117장 등사재는 가만히 음평을 넘고 제갈첨은 싸우다가 면죽에서 죽다

118장 소열 묘에 통곡하며 한왕은 효도에 죽고 서천을 들어가매 두 선비는 공을 다투다

119장 거짓 투항하매 교묘한 계교가 공담이 되어 버리고 두 번 수선하매 본보기대로 호로를 그리다

120장 두예를 천거하매 노장은 새로운 계책을 드리고 손호를 항복받아 삼분천하가 통일되다

놓쳐서는 안 될 장면들

제86장을 놓치지 말라.

공명의 탁월한 계교와 진복의 천재적 변론이 펼쳐진다. 삼국지에 담긴 지성의 깊이를 느낄 수 있다. 또 조비의 침공과 서성의 반격을 통해 전쟁의 긴박감도 느낄 수 있다. 위 촉 오의 비율이 적당하고 사유와 행동, 머뭄과 충동의 관계도 적당하다. 지금까지 생각하던 삼국지와는 전혀 다른 삼국지를 느낄 수 있다.

86장 다음은 50장이다.

삼강의 수전이요 적벽의 대전이다. 적벽 전투의 긴박감을 느낄 수 있고 공명의 계교, 조조의 낙관주의, 관우의 인간 매력을 모두 즐길 수 있다. 낭독자 길용우의 조조 연기가 일품이다.

다음은 84장이다.

육손은 유비가 벌여 놓은 700리 영채를 불사르고 공명은 어복포에 팔진도를 펼친다. 육손의 이릉 전투는 전략가의 참모습을 그려 낸다. 유비와 육손의 대비가 병법의 특징을 선명하게 드러낸다.

다음은 117장이다.

검각은 강유가 지키고 있어 종회의 위군은 촉으로 들어가지 못한다. 이때 등애가 은평소로를 뚫어 성도를 점령한다. 이렇게 촉은 무너진다. 그러나 등애는 종회에게, 종회는 사마소에게 죽임을 당한다.

다음은 120장이다.

진이 오를 침탈해 삼국의 시대를 끝낸다. 삼국지의 꼬리를 만날 수 있다. 오나라가 장강에 설치한 각종 군사 설비가 해체되는 과정도 흥미롭다.

삼국지 이야기를 전하는 사람들

지은이 나관중

나관중(羅貫中, 1330?~1400)은 중국 원나라 말기, 명나라 초기의 연의 작가로서 중국 4대 기서 중 하나인 ≪삼국지연의≫를 썼다. 이름은 본(本)이고, 자가 관중이다. 호는 호해산인(湖海散人). 지금의 산시성에 속하는 태원(太原) 출신으로 과거에 거듭 낙방하고 아버지를 따라 소금 장사를 했으나 장사엔 뜻이 없고 집 근처의 찻집에 드나들며 한량으로 살았다. 당시 찻집에서 매일같이 공연하던 삼국희곡(三國戲曲)을 즐겨 듣고 달달 외우는 수준까지 이르렀는데, 이것이 ≪삼국지연의≫ 집필의 밑거름이 되었다. 정사 ≪삼국지≫와 민간 설화 등을 재료로 자신의 창작력을 더해 동아시아 최고의 고전 걸작이라고 할 수 있는 ≪삼국지연의≫를 썼다. ≪수호전≫의 편저에도 관여한 것으로 알려져 있다. 이 밖에 ≪수당지전≫, ≪잔당 오대지 연의≫, ≪송 태조 용호 풍운회≫, ≪평요전≫ 등의 희곡과 통속 소설이 전한다.

엮은이 모종강

모종강(毛宗崗, 1632~1709)은 중국 청나라 시대의 소설가 또는 문예 비평가로서 자는 서시(序始), 호는 자암(子庵)이다. 지금의 장쑤성에 속하는 장주(長洲) 출신으로 아버지 모윤과 함께, 전하는 문학 작품들에 대한 문예 비평, 주석 달기 및 본문 편집과 재창작에 힘을 쏟았다. 그중 나관중의 ≪삼국지연의≫를 전체 120장으로 체계적으로 정리해 편집 출판함으로써 후세에 이름을 남겼다. ≪삼국지연의≫의 여러 판본 중 측한 정통론을 완성했다고 평가받는 모종강본은 400여 년이 지난 지금까지도 영향력이 압도적이다.

옮긴이 박태원

박태원은 1910년 1월 17일(음력 1909년 12월 7일) 서울 수중박골(지금의 종로구 수송동)에서 태어났다. 어렸을 적의 이름은 점성(點星)이었는데, 등의 한쪽에 커다란 점이 있어 붙은 이름이다. 필명으로 몽보(夢甫), 구보(丘甫) 등을 썼다. 1922년에 보통학교를 졸업하고, 경성제일고보에 입학했다. 재학 시절 ≪동명≫ 33호에 작문 〈달맞이〉가 실린다. 18세에는 ≪조선문단≫에 시 〈누님〉이 실린다. 이듬해는 경성제일고보를 휴학하고 춘원 이광수에게 개인적으로 문학 지도를 받았다. 1929년에 경성제일고보를 졸업하고 일본 도쿄법정대학 예과에 입학했으나 곧 중퇴한 뒤 본격적으로 문단에 나왔다. 1933년에는 '구인회'에 가입해 이태준, 정지용, 김기림, 이상 등과 함께 활동했다. 해방정국 때 '조선문학가동맹'의 요직을 맡았으나 1948년 '보도연맹'에 가입해 전향 성명서에 서명했다. 1950년 전쟁이 발발하자 서울에 온 이태준, 안회남, 오장환, 정인택, 이용악 등을 따라 가족을 남겨 두고 월북했다.

당뇨병으로 실명하고 고혈압으로 전신불수가 되는 등 시련을 겪었다. 작품으로 일제 강점기 지식인의 자의식을 모더니즘적인 기법으로 묘사한 중편 〈소설가 구보 씨의 일일〉(1934)을 비롯해 소설집 ≪천변풍경≫(1938), 월북 후 북한에서 집필한 대하 역사소설 ≪계명산천은 밝아 오느냐≫, ≪갑오 농민 전쟁≫ 등이 있다. 남한에 남겨진 가족 중 맏딸은 1951년 월북했으며, 남은 가족 중 차녀의 막내아들이 영화감독 봉준호다.

읽은이 길용우

길용우는 1975년 '극단 민중'에서 연극배우로 데뷔했고, TV 드라마 〈제2공화국〉, 〈땅〉, 〈억새풀〉, 〈사모곡〉, 〈반짝반짝 빛나는〉, 영화 〈레테의 연가〉 등 100편이 넘는 작품에 출연했다. 백상예술대상 인기상과 KBS, MBC에서 여러 연기상을 받을 만큼 연기자로서 명성을 쌓은 데 비해 낭독자로선 잘 알려져 있지 않다. 그는 MBC 〈MBC 스페셜〉, KBS 〈다큐공감〉에서 내레이션을 맡았고, EBS 라디오, 국악방송 등에서 오랫동안 오디오북을 낭독해 왔다. 2014년에는 EBS 〈라디오 연재소설〉 '〈바보 아재〉 3부작' 낭독으로 한국방송대상 라디오 문화예술상을 수상하기도 했다. 경험과 역량 면에서 최고의 오디오북 낭독자라고 할 수 있다. 원고지 약 9000매 분량, 등장인물 1200여 명의 작품을 홀로 완독한다. 안방극장의 중후한 드라마 연기와는 또 다른 목소리 연기로 새로운 매력을 보여 준다.

나의 아버지 박태원과 ≪삼국지≫

박일영(박태원의 장남)

어쩌면 그냥 영영 덮어 두고 떠날 뻔했던 얘기를, 그것도 잠결에 '그러마' 해 놓고는, 무슨 말로 어떻게 시작을 해야 할지, 혹 괜한 일 벌여 부친의 작품에 누나 끼치지 않을까 사나흘을 자반뒤집기만 하다가, 어쨌거나 시작은 해 보렵니다.

저는 구보 박태원의 장남 박일영(이령)입니다. 글이란 써 본 일도 없고 생전에 써 볼 생각도 가지고 있지 않은 위인이지만, 호는 팔보(八甫)입니다. 구보의 원수 구(仇) 자나 언덕 구(丘) 자가 아닌 우리말 발음 그대로 아홉 구 자에서 연유한 것으로, 내겐 아버지 같은 분이 소설가 정비석 님께 소개하시면서, "구보의 아들인데 아홉은 안 되고 팔(八) 보쯤 되는 청년이오" 하셔서 얻게 된 호입니다.

그것이 한 50년쯤 전 일인데, 그 연유를 들은 대학 다니던 제 아이가 몸에 '칠보'라고 문신을 새겨 넣은 걸 보고 놀랐던 일이 있습니다.

구보 박태원이 ≪삼국지≫ 번역에 뜻을 둔 것은 1929년 양백화(건식) 어른께서 그때까지 항간에 나돌던 '구화체 삼국지'의 틀을 버리고, 근대적인 대화체의 문장으로 ≪매일신보≫에 연재를 시작하신 시기로 보고 싶습니다.

이러한 근거는, 구보가 어려서부터 집안의 고매한 한학자이며 의전의 전신인 한성의학교 출신 양의(洋醫)였던 숙부 박용남으로부터 한학을 사사했으며, 박 옹 왈 "네 나의 학문을 받아들임이 일취월장하여 내 이제 너 점성(박태원의 아명)에게 더는 가르칠 게 없어 새로운 스승을 소개하리라" 하시며 당대 중국 문학의 대가셨던 양백화 문하로 보내셨던 사실이 있고, 그 후 부친께서는 1930년대 후반에 많은 중국 문학 작품 번역을 하고 계셨던 점에 연유합니다.

1939년 대동아 전쟁이 한창이던 때 일본의 인기 대중 작가이며 종군 기자였던 요시카와 에이지(吉川英治)가 일본을 비롯해 경성에서 일본어로 발행되던 ≪경성일보≫에 동시 연재를 시작한 ≪삼국지≫가 인기를 끌자, 이에 ≪조선일보≫ 방

사장이 만해 한용운 선생에게 신판 ≪삼국지≫를 한글로 번역 연재하게 했으나, 이듬해 ≪조선일보≫의 폐간과 함께 더는 한글 ≪삼국지≫를 볼 수 없게 되었습니다.

이때 구보의 ≪삼국지≫ 번역은 1941년 월간지 ≪신시대≫에 연재함으로써 막을 올렸다고 보겠습니다. 아마 '조선에도 ≪삼국지≫ 번역을 이어 갈 인재가 있다(?)' 내지는 백화 선생의 ≪삼국지≫를 읽으면서, 자신의 스타일로 역사 소설 번역을 해 보겠다는 의욕에, 요시카와의 번역이 번안에 가까운데 착안해, ≪신역 삼국지≫로 삼고초려와 적벽 대전을 1943년까지 연재한 바 있습니다. 이것들은 1943년과 해방되던 해 박문서관에서 단행본으로 발간되었습니다.

그러고는 해방이 되면서 ≪매일신보≫에 연재하던 ≪원적≫을 중단하고 여러 편의 단편 발표 이외에는 자중(?)하시다 1948년 수호전을 세 권으로 정음사에서 발행한 후, 최영해 사장의 권유로 다시 ≪삼국지≫ 번역에 착수하시게 되었습니다.

당시 ≪조선일보≫에는 ≪군상≫을, 그리고 ≪서울신문≫에는 ≪임진왜란≫을 연재하고 있던 중이라, 허물없이 지내는 벗으로부터, "군은 안경을 잡순(쓴) 주제에 신문 연재소설까지 쌍알이 질려 가지고… 운운" 하였다는 소리까지 들으셨다 합니다.

결국 ≪조선일보≫에 연재하던 ≪군상≫은 중단하시고, ≪삼국지≫ 번역에 심혈을 기울여 1950년 3월과 4월에는 빨간 장정의 완역 ≪삼국지≫가 두 권이 나왔는데, 그 원고들은 대부분 제가 학교 가는 길에 학교 뒤에 사시던 최 사장 댁으로 나르곤 했습니다. 혜화초등학교 뒤쪽에 있던 적산가옥 이층집은, 외솔 선생님을 모시고 사셨던 듯, 대문에는 최영해 문패는 없고 최현배 세 글자가 가로쓰기로 붙어 있었음이 지금도 기억에 생생합니다.

6월 들어 뇌염 방학에 들어갔는데 6·25가 났습니다. 포성이 그치고 잠잠해지자 나는 아버지의 손을 잡고 종로통을 나가 보았는데 전매국(專賣局) 골목에서 태극기를 어깨에 두른 순사가 엎어져 있는 내 생애 최초의 주검을 보았고, 무지스런 탱크가 전찻길 위로 마구 달리는 것을 보며 전찻길이 망가질 것을 걱정했습니다. 이튿날 아버지는 집을 나가신 후 감감무소식으로 일주일이 지나도록 집에 돌아오시지 못하셨던 기억이 있습니다. 그 후 두어 번 전선을 따라 종군 작가 걸음을 하셨는데, 아마 남쪽에서의 마지막 낙동강 전투 참전의 기록이, 이북에서 1952년에 발표한 ≪조국의 깃발≫인 것 같습니다.

어쨌거나 종군 나들이 후면 며칠씩 누워 계시던 기억과, 9·28 서울 수복이 되어 부랴부랴 ≪삼국지≫ 원고 셋째 권과 100여 매는 실히 되는 넷째 권 원고를 어머니와 아궁이에 태우던 기억이 있습니다. 이 일은 후에 정음사 최 사장을 만나 얘기했더니, "그것만 있었더라면 내 팔뚝에 땀띠가 한 말은

줄었을 텐데" 하셨던 기억이 납니다.

이젠 이북에서 발간된 ≪삼국연의≫에 관해 이야기할 차례인 것 같습니다. 1970년대 초 미국의 도서관에서 아버님이 이북에서 내신 ≪삼국연의≫ 여섯 권과 ≪계명산천은 밝아오느냐≫ 두 권을 큰아이가 유치원 다닐 때(1970년대) 네 식구가 함께 보았는데, 도서관을 나올 때 아이들이 저희가 무얼 안다고, 할아버지 책들을 한 권씩 안고는, 사서가 책은 두고 가야 한다는 말에, "이게 우리 할아버지 책인데…" 하던 일이 생각납니다.

어쨌거나 아버님 생전에 가족들의 생존 소식도 전하지 못했습니다. 아주 나중 마지막 스트로크(발작)가 와 더 이상은 버티지 못하실 듯하다는 말을 듣고 가 뵙고 싶은 마음도 있었으나, 지인을 통해 의견을 타진할 때마다 만에 하나 남쪽에 알려질 수도 있다는 귀띔에 지레 겁을 먹고, 혹 남한 가족들이나 미국 올 때 신원 보증 서 주셨던 분들께 누를 끼치지 않을까 하는 생각에, 방북 결단은 물론 편지도 못했던 일은, 정말 우리 세대가 받은 반공 교육이 얼마나 철저했던가를 새삼 느끼게 했습니다.

모스크바 올림픽 전해였던지, 벗 하나가 미국 친선 탁구팀의 임원으로 끼어 가게 되었는데, 떠나는 날 아침 전화가 와 부친 함자를 물은 일이 있었습니다. 무엇 때문이라는 설명을 안 하는 것은 전쟁을 겪은 우리 세대의 아량이지요. 갔다 와서 전하는 이야기가, "야, 너희 아버지 거기선 대단하더라. 도착하자 만나 뵈올 뜻을 전했고 체류 중에도 두어 번 채근을 했었지만, 떠나올 때 만나고 싶으면 올림픽에 오라면서, 비행기 표가 필요하면 알려 달라고 했다"는데, 말을 전하던 인사가 남으로 치면 차관급이어서 그런다는 말을 듣고, 도저히 내가 품고 살아온 아버님의 말씀이라곤 믿기지 않았습니다.

난리 통에도 살아남은 큰아들이 미국에 살고 있다는 사실은 전해진 줄 알았는데, 후에 평양에 갔을 때 들으니 큰누이도

새어머니 쪽도 모르는 일로서, 당시가 사경을 헤매고 계실 때라서, 연락을 맡았던 분들이 그런 답을 했던 걸로 안다고 하여, 결국 부친께선 남쪽 가족들의 생사도 모르고 돌아가신 듯합니다.

어디에서든 확고한 작가적 지위를 갖춘 분들은 작품 활동을 멈출 필요 없지요. 필요할 때 엎드려 절 받기도 하고요. 제 생각에 위와 같은 이유에서 여기저기 글도 쓰시고, 방송 작가 생활도 하시고, 확인한 바는 없지만 함경도에 가 교정도 보시고, 벽촌 교장 노릇도 하셨다니, 그 틈틈이 ≪삼국지≫ 원고도 쓰셨겠지요. 그리고 대본으로 쓰셨던 1955년에 북경에서 발간된 ≪삼국연의≫의 전언*이 당시 중공 치하에서 ≪삼국지≫ 발간이 왜 필요한가 하는 데 더할 나위 없이 타

* 중국 학자 저우루창(周汝昌)의 전언으로 ≪박태원 삼국지≫(도서출판 깊은샘) 제10권 권말에 번역문이 실려 있다.

당한 논리로 전개해 나갔다는 점을 접하시고 정말 무릎을 치셨을 듯합니다.

어찌 됐건 그냥 그 머리말, 그것도 끝까지 뇌는 일도 없이 중략해 버리고 초판 1만 부를 찍어 냈으니…. 부언하고 싶은 생각은 추호도 없지만, 아무리 바쁘셔도 전언은 음미해 볼 것을 재삼 부탁드립니다.

≪삼국지≫ 줄거리도 계급 혁명 노선상에 올려놓을 수가 있는 이야기라는 것!

외람되게도 대조할 기회가 있었습니다.

처음에 좀 삐걱거렸던 점은, 그곳 독자층이 어려서부터 한글 전용 교육을 받은 세대이고, 어느 정도의 각주를 달아야 하는지, 한자 어휘는 얼마나 수용이 되는지 어림이 잡히지 않으셨을 것입니다. 그로 하여 리듬을 잃은 문장이 다소 서틀렀지만 조금 지나 열이 오르니 역시 '구보'였습니다.

그 위에 인세에 쫓길 이유(?)가 없는 그곳에서의 창작 환경에

다소는 익숙해지신 듯, 문장에 여유도 느껴지고, 남쪽에서는 시도를 아니하셨던 시들을 모두 번역(생각건대 이 부분은 시간을 물 쓰듯 해야 하는데)하셨고, 갈수록 각주는 왜 그리 자상해져 가는지….

그렇게 해서 근 4반세기 만에 구보 박태원은 ≪삼국지≫의 번역을 마치셨고, 그로부터 다시 근 반세기 만에 남쪽에서도 구보 박태원의 ≪삼국지≫가 햇볕을 보게 되었군요. 아들로서도 ≪삼국지≫의 한 애독자로서도 감개가 무량합니다.

— ≪박태원 삼국지≫(도서출판 깊은샘, 2008) 발간에 붙인 글

스마트폰으로 오디오북 감상하기

❶ 유에스비 꺼내기

≪길용우가 읽는 박태원 삼국지≫는 유에스비에 담긴 121개의 오디오북 파일(mp3)과 가이드북으로 구성되어 있습니다. 가이드북 표지에 꽂혀 있는 유에스비를 뒤에서 살짝 눌러 꺼내 주세요.

✪ 유에스비를 다시 표지에 넣으려면 앞에서 눌러 끼우시면 됩니다.

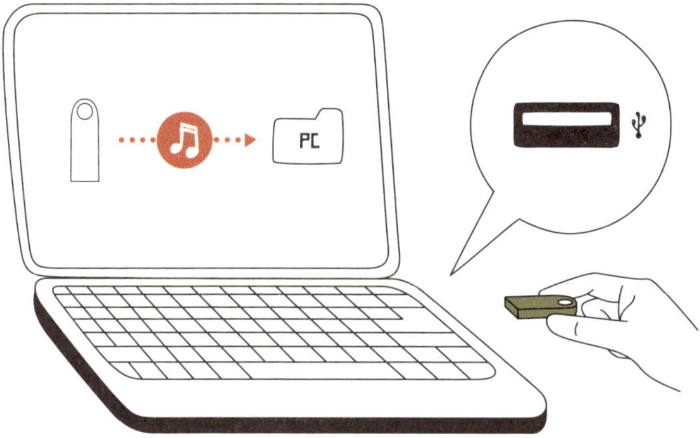

❷ 유에스비 연결하고 파일 옮기기

유에스비를 피시, 노트북 또는 스마트폰과 연결이 가능한 저장 장치에 꽂은 뒤, 유에스비의 오디오북 파일을 모두 피시 등 저장 장치에 복사하세요.

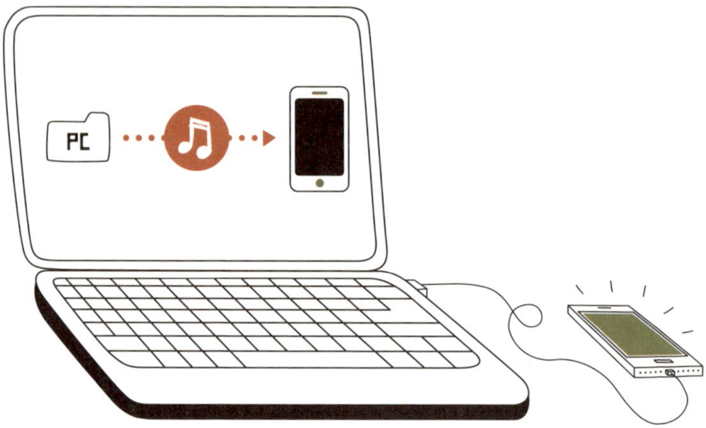

❸ 스마트폰에 파일 복사하기

사용하는 케이블을 이용해 스마트폰을 피시 등 저장 장치와 연결한 후, 오디오북 파일을 스마트폰에 복사하세요.

✪ 아이폰은 아이튠즈 프로그램을 이용해 파일을 복사(동기화)하세요.

❹ 오디오북 감상하기

이제 스마트폰에서 음악 파일처럼 음악 플레이어를 통해 감상하시면 됩니다.

가장 많이 받는 질문

유에스비에 흠집이 있어요. 중고 제품을 사용한 것 아닌가요?

사용하는 유에스비는 모두 새 제품입니다. 다만 오디오북 파일을 유에스비에 저장하는 과정에서 약간의 흔적이 남을 수 있습니다. 오디오북을 감상하는 데는 전혀 지장이 없습니다. 양해를 부탁드립니다.

오디오북 파일을 복사해 사용하면 문제가 되나요?

저장된 오디오북 파일은 mp3 파일 형식입니다. 이 오디오북을 구매한 고객께서 사용하신다면 어느 저장 장치든 자유롭게 복사, 저장해 감상하실 수 있습니다. 혹시 유에스비 메모리에 문제가 있을 경우를 대비해 피시 등 다른 저장 장치에 백업본을 저장해 두시는 것도 권장합니다. 하지만 구매 고객께서 개인적으로 사용하시는 것이 아니라 제삼자에게 음원을 복사, 배포할 때는 저작권법에 저촉되니 주의하시기 바랍니다. 작업에 참여해 주신 여러분의 노고를 생각해서라도 무단 복제는 삼가 주시기 당부합니다.
음원 파일을 유에스비에 저장하는 과정에서 약간의 흔적이 생길 수 있습니다. 오디오북을 감상하시는 데는 전혀 지장이 없습니다. 양해를 부탁드립니다.

문의 02-7474-001(평일 오전 8시~오후 5시)
commbooks@commbooks.com

책을 읽고 싶은데 눈은 피곤하고 시간은 부족하신가요?

귀로 읽어 보세요.

많은 독자들이 출퇴근길, 잠자리에서, 뜨개질이나 컬러링하면서, 운동하거나 빨래를 개면서 오디오북을 듣습니다. 눈을 잠시 쉬게 하고 귀를 열어 보시면 새로운 세계가 열립니다.

- 오디오북을 이용하시면서 궁금한 점이 있으면 카카오톡 플러스친구 "컴북스오디오북"을 친구 추가하고 메시지를 보내 주세요. 플러스친구가 되시면 오디오북 신간 소개와 플러스 친구만을 위한 이벤트 안내를 받을 수 있습니다.
- 유튜브 CommbooksTV에서 다양한 오디오북의 미리 듣기 샘플을 들어 보세요.
- 오디오북스의 오디오북은 오디오클립, 오디언소리, 팟빵, 구글, 북큐브, 교보이북, 알라딘 등에서 음원으로 구입할 수 있습니다.
- 유에스비 타입 오디오북은 인터넷 서점에서 구입할 수 있습니다.

길용우가 읽는 박태원 삼국지

저자 나관중
편자 모종강
역자 박태원
낭독 길용우
제작 커뮤니케이션북스

발행인 박영률
디자인 송성재 · 김주화
녹음 · 편집 강지원
마스터링 이준호
발행일 2023년 10월 20일

커뮤니케이션북스(주)
출판 등록 2007년 8월 17일 제313-2007-000166호
02880 서울시 성북구 성북로 5-11
전화 (02)7474 001, 팩스 (02)736 5047
commbooks@commbooks.com
www.commbooks.com

ISBN 979-11-288-9995-9 05820

오디오북 정가는 뒤표지에 표시되어 있습니다.